COLLECTION

DU

PRINCE PIERRE DE BOURBON ET BOURBON

DUC DE DURCAL

TABLEAUX

PROVENANT DE LA GALERIE

DE

S. A. R. Don Sébastien Gabriel de Bourbon Bragance et Bourbon

INFANT D'ESPAGNE ET DE PORTUGAL

IMPRIMERIES RÉUNIES, A, RUE MIGNON, 2, PARIS. — 147.

CATALOGUE

DES

TABLEAUX

PROVENANT DE LA GALERIE

DE

S. A. R. Don Sébastien Gabriel de Bourbon, Bragance et Bourbon

INFANT D'ESPAGNE ET DE PORTUGAL

GRAND COLLIER DE LA TOISON D'OR, DE CHARLES III, DE SAINT-GENARE DE NAPLES
DE LA TOUR ET DE L'ÉPÉE DE PORTUGAL
GRAND PRIEUR DE SAINT-JEAN DE JÉRUSALEM, MARÉCHAL D'ESPAGNE
GRAND CORDON DU CHRIST ET AVIS, SAINT-HERMENEGILDE, SAINT-FERDINAND ET ISABELLE LA CATHOLIQUE
PRÉSIDENT HONORAIRE DE L'ACADÉMIE DES BEAUX-ARTS DE SAINT-FERDINAND
ETC., ETC.

Formant la Collection du

PRINCE PIERRE DE BOURBON ET BOURBON

DUC DE DURCAL

DONT LA VENTE AURA LIEU

HOTEL DROUOT, SALLES Nos 8 & 9

Le Lundi 3 Février 1890

A DEUX HEURES

EXPOSITION PARTICULIÈRE
Le Samedi 1er Février 1890

EXPOSITION PUBLIQUE
Le Dimanche 2 Février 1890

DE UNE HEURE ET DEMIE A CINQ HEURES ET DEMIE

Me ESCRIBE
COMMISSAIRE-PRISEUR
6, rue de Hanovre

MM. HARO Frères
PEINTRES-EXPERTS
14, rue Visconti, et 20, rue Bonaparte

M. A. BLOCHE
EXPERT
25, rue de Châteaudun

1890

CE CATALOGUE SE TROUVE

A PARIS, CHEZ

Mᵉ ESCRIBE
COMMISSAIRE-PRISEUR
6, rue de Hanovre

MM. HARO Frères
PEINTRES-EXPERTS
14, rue Visconti, et 20, rue Bonaparte

M. A. BLOCHE
EXPERT
25, rue de Châteaudun

Conditions de la vente.

Elle sera faite au comptant.

Les acquéreurs payeront *cinq pour cent* en plus du prix d'adjudication.

L'art en Espagne était entré dans cette période d'engourdissement que les guerres civiles et les révolutions amènent toujours dans un pays ; il fallait une période de paix et de tranquillité pour faire revivre les arts et des personnes qui, par leur position sociale, pouvaient donner cette impulsion nécessaire au monde artistique en formant des musées nouveaux, dévoilant au monde des arts, de cette façon, toutes les nouvelles richesses achetées aux couvents où la foi religieuse avait tenu pendant des siècles enfermées tant de merveilles.

L'un des principaux instigateurs de ce mouvement dans ce pays où la peinture a formé tant de maîtres à jamais inoubliables, fut Son Altesse Royale l'Infant Don Sébastien de Bourbon, homme doué d'un rare talent artistique, amateur infatigable de tout ce qui pouvait se rattacher aux arts, fût-ce musique, littérature ou peinture, voué dès sa plus tendre jeunesse aux études les plus profondes et les plus passionnées qui devaient nécessairement faire de lui un des connaisseurs et aussi l'un des protecteurs les plus dévoués des artistes que jamais l'Espagne ait connus.

Dans de telles conditions, et possédant une immense fortune, aidé par les principaux artistes de l'époque, il se consacra, pour donner essor à sa fièvre artistique, à former une galerie de tableaux qui, tant par le nombre des œuvres qu'elle possède que par les auteurs qui s'y trouvent, est la plus grande et la plus riche de l'Espagne, après celle du Musée royal de Madrid.

C'est une partie de cette galerie, héritée par son fils le prince Pierre de Bourbon et Bourbon, duc de Durcal, que nous exposons aujourd'hui.

La première partie de cette collection, que nous pourrions dire historique, se compose, d'après les archives de la famille, de tableaux hérités de la famille royale d'Espagne.

La Descente de Croix, *de* Dosso Dossi de Ferrare, *fut tirée du Musée royal par S. M. le Roi don François d'Assise pour faire cadeau à son cousin l'Infant don Sébastien lors de son mariage avec sa sœur l'Infante Doña Christine.*

La Vierge du Carmel, *de* Murillo, *morceau aussi exquis qu'inestimable, peint avec passion, comme toutes les œuvres de ce grand maître, qui sut si bien rendre dans ses tableaux l'ardente foi du peuple espagnol et donner à ses Madones je ne sais quoi de touchant et de doux. Toile unique aussi, car ce fut la seule peinture que Murillo fit de la Vierge sous ce costume, se rendant à la prière de S. M. Philippe IV, qui avait une dévotion particulière pour la Vierge du Carmel. Conservé précieusement dans la famille royale, ce tableau fut donné par Charles III comme l'un des cadeaux les plus précieux à son fils Don Gabriel, grand-père de l'Infant Don Sébastien, à l'occasion de son mariage avec l'Infante Marie-Victoire de Portugal.*

Appartiennent aussi à cette première partie comme venant de la famille royale Coppola, Careno (*l'un des meilleurs portraits de Charles II*).

La deuxième partie se compose des tableaux venant de l'héritage de l'Infante Marie-Amélie de Naples, fille de François Ier de Naples, première épouse de l'Infant Don Sébastien, dont il hérita des biens et des objets d'art.

Parmi les tableaux qui composent cette deuxième partie, nous pouvons citer les Guercino, Van Eyck, Carduccio, Tiepolo, Sabattini, Leoni, Vaccaro, Zuccaro, Fra Bartholomé de la Gatta, Lama Bernardo, Francesco, Lucatelli, Guido Reni, Julio Romano, Bonito (José).

L'un des principaux tableaux de cette deuxième

partie est le Christ, *de* Quentin Matsys, *le meilleur chef-d'œuvre de cet homme qui sut devenir, par amour, peintre, et peintre célèbre, d'apprenti forgeron qu'il était. Car il faut observer, pour ne pas cesser d'admirer cette puissance de coloris, la transparence de ce globe de cristal, le travail extraordinaire de détail de la croix, toutes choses où l'on peut voir de quelle façon cet homme de génie finissait ses œuvres.*

La troisième partie comprend les tableaux achetés par Son Altesse Royale, soit avec l'aide de Don José de Madrazo, alors Directeur du Musée royal et de l'Académie des Beaux-Arts dont le prince était le président honoraire, père de l'actuel Directeur du Musée de Madrid, à l'occasion de la vente des biens appartenant aux couvents, par le gouvernement espagnol, et qui furent acquis par l'entremise de ce dernier pour le compte de S. A. R., soit aussi à ce même M. de Madrazo à qui il acheta plus tard sa collection complète. Citons entre autres, dans la collection de ce fin amateur, autant que peintre distingué, Breughel, Van der Werf, Cerezo, Martin de Vos, Philippe de Champagne, Juan de Juanes, Venusti, Palma, Pereda, Greco, Perez, Goya, Ostade, Téniers, Lanfranc, Antolinez, Poussin, Mengs, Mayno, Palma le Jeune, *etc.*

Parmi les tableaux, le plus intéressant par son

histoire est bien certainement celui de Muñoz Sebastian qui représente les funérailles de la reine Isabelle de Bourbon, première femme de Charles II.

Ce grand peintre, ainsi que Careño, fut le disciple de l'immortel Velasquez dont il prit l'École. Ses œuvres sont très rares; au Musée du Prado il n'en existe que quelques exemplaires. Ce tableau fut son œuvre principale, dans laquelle il déploya tout son talent.

La reine Isabelle de Bourbon étant morte, les sœurs du couvent de religieuses trinitaires de Madrid, dont elle était la protectrice, chargèrent ce peintre de leur faire un tableau pour leur église, représentant et son portrait et ses funérailles. Le peintre s'exécuta. Les sœurs, qui voulaient avoir un prétexte pour ne pas payer ce tableau, lui dirent qu'il n'y avait aucune ressemblance à la reine dans le cadavre qu'il avait représenté sur sa toile. Muñoz les pria de bien vouloir lui renvoyer leur tableau et peignit dans l'un des angles le portrait de la reine avec cette inscription : « Nec semper lilia florent », *enlevant ainsi aux sœurs tout prétexte et les obligeant à lui payer le prix stipulé. Telle est la curieuse histoire de ce tableau, qui est la seule grande toile que fit ce peintre.*

Viennent ensuite les peintres modernes, ceux dont S. A. R. fut et un protecteur et même à l'occasion un ami qui sut maintes fois encourager les uns, soutenir les défaillances des autres dans un art où les commencements sont souvent pleins d'amertume.

(Notes extraites des Archives de la famille.)

Nous possédons l'attestation des peintres et directeurs de Musées et de l'Académie, qui ont contribué à la formation et à la conservation de cette galerie : MM. Frederico de Madrazo, peintre d'histoire, président de la Royale Académie des Beaux-Arts de San Fernando, directeur du Musée national de peintures; Don Salvador Martinez Cubells, peintre d'histoire, premier restaurateur du Musée national de Madrid, et Don Joachim Sigüenza, peintre d'histoire et peintre de la Chambre Royale.

TABLEAUX

ANTOLINEZ DE SARABIA (Francesco)

(N° 1571 de l'ancien Catalogue.)

1 — La Vierge et l'Enfant Jésus.

La Vierge soutient l'Enfant divin assis sur la boule du monde ; l'Enfant Dieu tient à la main une rose.

C. — H., 0,22. L., 0,17.

ANTOLINEZ DE SARABIA (Francesco)

(N° 1590 de l'ancien Catalogue.)

2 — Épisode de la Fuite en Égypte.

La Vierge, l'Enfant Jésus et saint Joseph, accompagnés par deux anges, traversent une rivière dans une barque.

T. — H., 0,40. L., 0,53.

BARBIERI (Jean-François) *dit* LE GUERCHIN

(N° 1172 de l'ancien Catalogue.)

3 — Saint Pierre en prison.

T. — H., 0,84. L., 0,71.

BATTONI (Pompeo)

(N° 1541 de l'ancien Catalogue.)

4 — Portrait d'un prélat.

Il est représenté vu à mi-corps, tourné vers la gauche, vêtu d'un vêtement bleu, à doublure rouge, qui laisse passer les manches du surplis. Il tient à la main une lettre et semble en indiquer les premières lignes.

T. — H., 0,73. L., 0,60.

BONITO (Le chevalier José)

(N° 994 de l'ancien Catalogue.)

5 — Portrait d'homme.

Presque de face, la tête tournée vers la gauche, vêtu d'un habit gris et les cheveux poudrés.

H., 0,39. L., 0,31.

BREUGHEL ET VAN BALEN

(Attribution de l'ancien Catalogue.)

6 — La Musique.

Dans le péristyle d'un riche palais sont réunis des instruments de musique et tous les oiseaux chanteurs. La Musique est personnifiée par une femme nue, jouant de la guitare, et par un Amour qui semble chanter.

T. — H., 0,85. L., 1,15.

CARDUCHO (BARTHOLOMEO)

7 — Martyre de sainte Barbe.

La sainte est agenouillée sur un échafaud, regardant au ciel une apparition d'anges et de chérubins, qui lui apportent la couronne et les palmes du martyre et la couvrent de fleurs.

T. — H., 0,82. L., 0,62.

CARDUCHO (BARTHOLOMEO)

8 — La Vierge et l'Enfant Jésus.

La Vierge est assise au milieu des ruines d'un temple, ayant l'Enfant Jésus sur ses genoux ; elle tient, de la main droite, un livre ouvert.

Carducho, qui était peintre, sculpteur et architecte, montre dans ce tableau ses diverses aptitudes en mettant ses personnages parmi des lignes architecturales, enrichies de bas-reliefs.

B. — H., 0,35. L., 0,26.

CARDUCHO (Vincenti)

(N° 1030 de l'ancien Catalogue.)

9 — Sainte martyre.

Elle est représentée de trois quarts, tournée vers la droite, ayant sur la tête une couronne de fleurs.

B. — H., 0,11. L., 0,10.

CAREÑO DE MIRANDA (Don Juan)

(N° 1031 de l'ancien Catalogue.)

10 — Portrait de Charles II, roi d'Espagne.

Le jeune roi est debout, vêtu d'un vêtement noir, la Toison d'or autour du cou; il est appuyé contre une table sur laquelle il pose son chapeau.

Tableau très important dans l'œuvre du peintre.

T. — H., 2,10. L., 1,45.

CEREZO (Mateo)

(N° 1534 de l'ancien Catalogue.)

11 — La Madeleine montant au ciel.

T. — H., 1,25. L., 1,07.

COPPOLA (Carlo)

(N° 1051 de l'ancien Catalogue.)

12 — Combat contre les Turcs.

Signé sur la croupe du cheval blanc.

Forme ronde, diamètre 1,50.

DOSSO DOSSI

13 — Descente de Croix.

T. — H., 1,14. L., 1,70.

DUGHET (GUASPRE *dit* Gasparo POUSSIN)

(N° 1390 de l'ancien Catalogue.)

14 — Paysage avec figures et animaux.

Forme ovale.

T. — H., 1,20. L., 1,50.

EYCK (JEAN VAN)

(Attribution de l'ancien Catalogue, n° 1525.)

15 — L'Adoration des Rois mages.

« Jésus étant né à Bethléem de Juda au temps du roi Hérode, des mages vinrent d'Orient à Jérusalem... et l'étoile qu'ils avaient vue en Orient les précédait jusqu'à ce qu'elle vînt s'arrêter au-dessus de l'endroit où était l'enfant. Quand ils revirent l'étoile, ils eurent une grande joie. Entrant dans la maison, ils trouvèrent l'Enfant avec Marie sa mère, et, se prosternant, ils l'adorèrent; puis, ayant ouvert leur trésor, ils lui offrirent de l'encens et de la myrrhe. »

Au premier plan, la Vierge, ayant l'Enfant Jésus sur les genoux, est assise devant une étable; derrière elle, une riche tenture. Le premier roi mage, Melchior, un vieillard, à genoux devant elle, baise la main de l'Enfant Jésus qu'elle lui présente. Il est vêtu d'un riche vêtement rouge à bordure d'or, et porte en sautoir, attaché par une chaînette, un poignard finement sculpté; sa couronne est passée dans son bras gauche. Agenouillé également, de l'autre côté de la Vierge, le mage Balthazar, vêtu d'une étoffe brochée, garnie de fourrure, un manteau noir sur les épaules, se découvre en présentant un vase d'or.

Derrière lui, saint Joseph, et dans le fond, les animaux de la crèche.

A droite, le roi mage Gaspard, la tête couverte d'un turban, vêtu d'un riche costume asiatique, un manteau d'hermine sur les épaules, va se prosterner à son tour.

Dans le fond, par une fenêtre formée par un entre-deux de colonnes, deux bergers regardent la scène.

Fond de paysage.

Ce curieux tableau, qui été l'objet d'intéressantes recherches, a été attribué aussi à Roger van der Weyden et plus tard à Hugo van der Goes.

B. — H., 0,45. L., 0,41.

FERRAND

16 — La Vierge au pied de la Croix.

T. — H., 2,20. L., 1,70.

FRANCESCO (Benjamin de)

17 — Tobie et l'Ange.

Signé à gauche et daté 1860.
Forme cintrée du haut.

T. — H., 0,60. L., 0,60.

GATTA (Don Bartholomeo della)

(N° 1150 de l'ancien Catalogue.)

18 — L'Adoration des Bergers.

Le sujet est entouré d'une bordure peinte en or à ornements et animaux fantastiques; aux coins, quatre prophètes.

B. — H., 0,22. L., 0,20.

GOYA Y LUCIENTES

(N° 1552 de l'ancien Catalogue.)

19 — Portrait d'homme.

Il est représenté de trois quarts, tourné vers la gauche, vêtu de noir, nu-tête, les cheveux flottants sur les épaules.

T. — H., 0,67. L., 0,51.

GRECO (THEOTOCOPULI *dit* LE)

(N° 665 de l'ancien Catalogue.)

20 — Saint Bernard.

Le saint est représenté debout, tourné vers la droite, vêtu d'une robe blanche ; il tient de la main gauche un livre fermé et de la main droite sa crosse abbatiale.

Très belle peinture, d'un grand caractère, en parfait état de conservation, pouvant passer pour un des plus beaux spécimens du maître.

T. — H., 1,15. L., 0,80.

GUIDO RENI (Attribué à)

21 — Sainte Claire.

La tête couronnée d'épines, en contemplation devant une croix.

Forme ronde. T. — H., 0,63. L., 0,50.

GUIDO RENI (D'après)

(N° 1705 de l'ancien Catalogue.)

22 — Ecce Homo.

Peinture sur porcelaine, forme ovale.

H., 0,27. L., 0

HOLBEIN

(Attribution de l'ancien Catalogue, n° 1339.)

23 — Portrait de Jeanne la Folle.

Elle est représentée debout, près d'une fenêtre, vêtue d'une robe rouge à retroussis de fourrures, la tête recouverte d'une coiffe richement ornée; au cou, un joyau forme une fleur de lys sur laquelle est un pélican; elle est tournée vers la droite et tient, entre les mains, un chapelet.

On aperçoit, par la fenêtre, la campagne vallonnée, et, au second plan, un château fort entouré d'eau.

B. — H., 0,31. L., 0,21.

JUAN DE JUANES (Vicente Macip)

(N° 1535 de l'ancien Catalogue.)

24 — Un Donateur.

Vêtu de noir, il est représenté à genoux, tenant un bonnet entre ses mains jointes ; à ses pieds, un livre d'heures ouvert; derrière lui, une figure de soldat renversé, et son saint patron debout, tenant de la main droite un sabre, et de la gauche, un livre de prières; au fond, un jardin et un couvent.

Ce tableau formait le volet gauche d'un grand triptyque.

B. — H., 1,13. L., 0,40.

LAMA (Bernardi)

25 — La Cène.

B. — H., 0,32. L., 0,22.

LANFRANC

(N° 1594 de l'ancien Catalogue.)

26 — La Manne.

T. — H., 1,08. L., 1,28.

LANFRANC

(N° 1563 de l'ancien Catalogue.)

27 — Portrait d'un secrétaire d'État.

Époque de Philippe III.

T. — H., 1,25. L., 0,87.

LEONI (Andréa) ou LEONI LEONE

(N° 1205 de l'ancien Catalogue.)

28 — Combat contre les Turcs.

T. — H., 1,05. L., 1,35.

LLANOS

29 — L'Entrée au couvent.

Signé à droite et daté 1860.

T. — H., 1,45. L., 1,91

LUCATELLI

(N° 1216 de l'ancien Catalogue.)

30 — Paysage avec figures.

Forme ovale.

C. — H., 0,24. L., 0,20.

LUCATELLI

(N° 1217 de l'ancien Catalogue.)

31 — Paysage avec figures.

Pendant du précédent.

C. — H., 0,24. L., 0,20.

MALDARELLI (fils)

(N° 1528 de l'ancien Catalogue.)

32 — Mater Dolorosa.

Signé à gauche et daté 1849.

T. — H., 0,30. L., 0,21.

MAYNO (Jean-Baptiste)

33 — Saint Antoine de Padoue présentant l'Enfant Jésus à la Vierge.

T. — H., 2,08. L., 1,50.

MATSYS ou MASSYS (Quentin)

34 — Le Sauveur du monde.

Le Christ est représenté à mi-corps, nu-tête, les cheveux flottants sur les épaules, se détachant sur un fond doré entouré de légers nuages, un nimbe à rayons d'or autour de la tête. Il est vu de face, vêtu d'une tunique rouge à bordure de broderie d'or enrichie de perles, attachée par un fermoir d'orfèvrerie; la main droite est levée dans un geste de bénédition, la gauche est appuyée sur une boule de cristal qui réfléchit le paysage. Cette boule est sertie d'un cercle d'or ciselé, surmontée d'une croix très délicatement travaillée avec incrustation de pierres précieuses et quatre médaillons représentant le symbole des Évangélistes.

Tableau important dans l'œuvre du maître.

B. — H., 0,65. L., 0,48.

MANZANO (Victor)

35 — **Philippe II, à la prison où est détenue la famille d'Antonio Pérez.**

Ce tableau a été médaillé à l'Exposition nationale de Madrid en 1878.

Signé à gauche et daté 1862.

T. — H., 2,35. L., 2,75.

MENGS (Raphael)

(N° 1252 de l'ancien Catalogue.)

36 — **Portrait de l'Infante Marie, fille de Charles III.**

Elle est représentée vue de trois quarts, tournée vers la gauche, vêtue d'une robe jaune légèrement décolletée; les cheveux poudrés.

T. — H., 0,46. L., 0,34.

MUÑOZ (Sébastien)

37 — **Portrait et funérailles de la Reine Isabelle de Bourbon.**

Signé en bas à droite : à Sebastien Muñoz pict. Reg. faciebat.

Tableau capital dans l'œuvre de l'artiste.

T. — H., 2,10. L., 2,55.

MURILLO (Esteban)

38 — La Vierge du Mont-Carmel.

Entourée de nuages, et soutenue par des anges, la Vierge, dans le costume du Carmel, vêtue d'une robe de bure, couverte d'un manteau blanc, retenu par un fermoir avec l'écusson de l'ordre, une couronne sur la tête et les cheveux flottants, présente l'Enfant Jésus.

Ancienne collection de Charles III.

T. — H., 1,72. L., 1,21.

OSTADE (Adrien Van)

39 — Intérieur de tabagie.

Autour d'une table rustique plusieurs paysans sont réunis : l'un, tenant un verre de bière, fume sa pipe ; un autre lutine une femme pendant que son compagnon, un broc à la main, chante à tue-tête en agitant son chapeau ; derrière ce groupe, d'autres paysans. A droite, au premier plan, des accessoires de cuisine ; à gauche, un buveur, sa cruche vide auprès de lui, dort appuyé sur un tonneau. Au second plan, dans une autre pièce, des paysans réunis devant l'âtre autour d'un musicien qui racle du violon.

Ce tableau, provenant de la collection de M. de Madrazo, qui était catalogué comme Adrien Van Ostade, nous paraît avoir tous les caractère comme dessin et comme couleur d'une œuvre de Heemskerke.

B. — H., 0,69. L., 0,80.

PALMA (le Jeune)

(N° 1361 de l'ancien Catalogue.)

40 — Saint Sébastien.

Signé à droite sur une colonne.

T. — H., 1,58. L. 1,16.

PEREDA

(N° 1382 de l'ancien Catalogue.)

41 — L'Annonciation.

T. — H., 1,32. L., 0,75.

PEREZ (Bartholomeo)

42 — Saint Jean-Baptiste.

Dans une niche en pierre, entourée d'une couronne de fleurs : saint Jean-Baptiste enfant, assis près de l'Agneau divin ; plus loin, on voit saint Jean baptisant le Christ.

T. — H., 0,82. L., 0,61.

PEREZ DE CASTRO

43 — Le Pont San Martino à Tolède.

Aquarelle.
Signée à droite et datée 1859.

PIPPI (Julio Romano) (Attribué à)

(N° 1621 de l'ancien Catalogue.)

44 — L'Adoration des Mages.

A droite, la Vierge, ayant près d'elle saint Joseph, présente l'Enfant Jésus à un roi mage, agenouillé devant eux et qui offre à l'Enfant Dieu un vase en orfèvrerie ; à côté, les deux autres rois mages et leur suite ; au fond, à gauche, dans le lointain, la ville de Jérusalem, dont on aperçoit les monuments.

B. — H., 0,32. L., 0,42.

SABBATINI (André) *dit* ANDRÉ DE SALERNE

45 — Descente de Croix.

B. — H., 2,00. L., 1,50.

TÉNIERS

(Attribution de l'ancien Catalogue.)

46 — Fête de village.

B. — H., 1,44. L., 1,81.

TIEPOLO (Jean-Baptiste)

(N° 1474 de l'ancien Catalogue.)

47 — Sainte en prière, conjurant le ciel.

Au premier plan, une sainte en prière implore le Seigneur, qui apparaît dans les cieux, soutenu par des anges et des chérubins; dans le fond, une figure allégorique représentant la peste est mise en fuite.

T. — H., 0,82. L., 0,45.

TIZIANO (École de)

48 — Ecce Homo.

T. — H., 1,12. L., 0,96.

VACCARO (Andrea)

(N° 1487 de l'ancien Catalogue.)

49 — La Vierge.

Elle est représentée tournée vers la droite, les deux mains croisées sur la poitrine.

C. — H., 0,25. L., 0,18.

VACCARO (Andréa) (D'après)

50 — Tête de Christ.

Aquarelle.

VENUSTI (Marcello)

51 — Pieta.

La Vierge, assise au pied de la Croix, tient sur ses genoux le corps du Sauveur, dont deux anges supportent les bras.

B. — H., 1,25. L., 0,90.

VOS (Martin de)

52 — La Vision de l'Enfant Jésus.

Dans une chambre d'une grande richesse, la Vierge est assise devant un prie-Dieu. Elle donne le sein à l'Enfant Jésus, qui se détourne en voyant un groupe d'anges lui apporter les instruments de sa passion.

B. — H., 1,15. L., 0,90.

WERF (Le chevalier Adrien Van der)

53 — Saint Jérôme.

Le saint est assis dans une grotte, enveloppé d'un manteau rouge ; il lit attentivement un livre ; sur la pierre, une écritoire et une plume ; un peu plus bas, une tête de mort sur un rouleau de papier.

Signé du monogramme sur la pierre, près de la plume, à gauche.

B. — H., 0,34. L., 0,27.

ZUCCARO (Attribué à)

(N° 1564 de l'ancien Catalogue.)

54 — L'Adoration des Bergers.

La Vierge, ayant l'Enfant Jésus couché dans un pan de sa robe, est agenouillée dans la crèche ; à droite, saint Joseph ; à gauche, un berger tenant un mouton ; dans le fond, on aperçoit un bœuf et un âne ; au premier plan, un second berger tenant une brebis dans ses bras.

Cette peinture a été également attribuée à Ricciarelli *dit* Daniel de Volterre.

ÉCOLE FLAMANDE

55 — Portrait de Philippe-Frédéric Reinboldi, magistrat de Strasbourg.

B. — H., 0,20. L., 0,18.

ÉCOLE FLAMANDE

(N° 1710 de l'ancien Catalogue.)

56 — Marine.

B. — H., 0,22. L., 0,28.

ÉCOLE ITALIENNE

(N° 1571 de l'ancien Catalogue.)

57 — Christ en croix.

C. — H., 0,17. L., 0,13.

ÉCOLE DE PARME

58 — L'Adoration des Bergers.

T. — H., 0,67. L., 0,50.

59 — Devant d'autel formé par trois panneaux :

1° Panneau central.

CARDERERA (V.)

L'Assomption.

Signé à gauche.

C. — H., 0,37. L., 0,30.

2° Panneau de droite.

RIBERA (Carlos)

Martyre de sainte Amélie.

Forme cintrée du haut.

C. — H., 0,40. L., 0,28.

3° Panneau de gauche.

MADRAZO (Frédérico)

Saint Sébastien.

Forme cintrée du haut.

C. — H. 0,40. L., 0,28.

IMPRIMERIES RÉUNIES, A, 2, RUE MIGNON, PARIS. — 147.

www.ingramcontent.com/pod-product-compliance
Ingram Content Group UK Ltd.
Pitfield, Milton Keynes, MK11 3LW, UK
UKHW020224180726
13838UKWH00005B/2179

9 782329 393520